# 砚田诗词集

许惠武 著

暨南大学出版社
JINAN UNIVERSITY PRESS

中国·广州

图书在版编目（CIP）数据

砚田诗词集 / 许惠武著．—广州：暨南大学出版社，2019. 10
ISBN 978 - 7 - 5668 - 2706 - 7

Ⅰ．①砚… Ⅱ．①许… Ⅲ．①诗词—作品集—中国—当代
Ⅳ．① I227

中国版本图书馆 CIP 数据核字（2019）第 180306 号


砚田诗词集
YANTIAN SHICIJI
著　者：许惠武

...................................................................................

出 版 人：徐义雄
策划编辑：潘江曼　潘雅琴
责任编辑：潘江曼
责任校对：林　琼
责任印制：汤慧君　周一丹

出版发行：暨南大学出版社（510630）
电　　话：总编室（8620）85221601
　　　　　营销部（8620）85225284　85228291　85228292（邮购）
传　　真：（8620）85221583（办公室）　　85223774（营销部）
网　　址：http://www.jnupress.com
排　　版：广州良弓广告有限公司
印　　刷：广州市穗彩印务有限公司
开　　本：850mm×1168mm　1/32
印　　张：5
字　　数：104 千
版　　次：2019 年 10 月第 1 版
印　　次：2019 年 10 月第 1 次
定　　价：26.00 元


（暨大版图书如有印装质量问题，请与出版社总编室联系调换）

英雄城 南昌人民公园留影

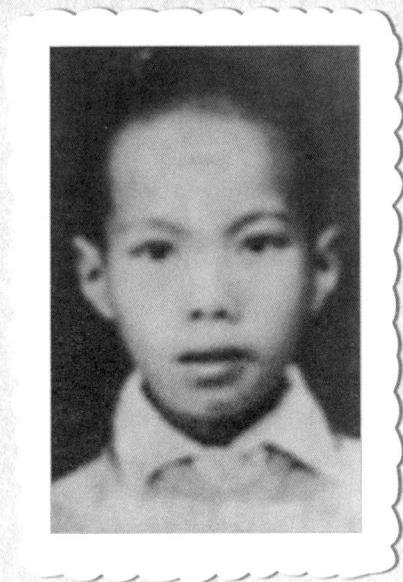

# 序

　　全书由序言和75首诗组成，是作者在工作和学习之余原创的诗词精选集。作者是20世纪50年代的大学生，也是高校的理科教授，其笔有古典情趣，其心有家国情怀，真正是我手写我心。

　　作者诗词内容丰富，包括了关于山水游历的感悟、对传统文化的探究以及对国家命运的思考，既观照了个人的日常生活，也展现了对故乡的忧思，表达了对祖国的信心，在小我与大我关系的表现上，真正建立了父辈一代知识分子所特有的执着、清明、坚韧的精神境界，表现出一位追求高质量精神生活的中国知识分子的独特品味。

徐　珊

二〇一九年八月

# 自序

　　我自幼爱好古典文学，青年时期略有习作，成年后生活、工作屡经变迁，每每有所感悟，涂写数行诗词，也别有一番情趣。累经几十年的写作，我创作绝句、律诗、词曲杂诗等数百首，今选出部分诗作成此小书，其内容涵括"阅长江""河山颂""故乡之恋""神州万里行""徜徉荟萃""异国风采"等主题。

　　自编此集，谨表好学求知之心，并无舞文弄墨之意，敬请有识之士阅后不吝指教，谨致以深切谢意。

二〇一九年八月

## 127　其　他

# 阅长江

## 长江颂·七律

长江是我母亲河，我为长江唱赞歌。

遥从三皇五帝起，民族兴旺共黄河。

修堤筑路兴百业，行船灌溉开运河。

中华文明五千载，长江哺育子孙多。

（2016 年 1 月）

# 长江之歌

源出巴颜喀拉山，奔腾直泻入云南。

昂首转向巴蜀去，气势如龙曰长江。

冲破巴山成三峡，汹涌澎湃过江汉。

携赴洞庭波阳湖，波澜壮阔汇海疆。

（2016 年 1 月）

## 忆江南·从武汉赴南京，
## 船过鄱阳湖口

天欲暮，风烟弥江浦，九派茫茫奔东海。

波涛滚滚系波湖，回首楚山孤。

山尽头，余晖云端留，破敌洪武扬眉处。

戍疆公瑾震三吴，几代英雄图。

（2006 年夏）

# 浣溪沙·鄱阳湖

湖波浩渺归大江，烟雨茫茫暗鞋山。

鸥鹭起落云水间，西溯巴蜀三千里。

东下三吴济大洋，行舟赣水青山前。

（1985 年）

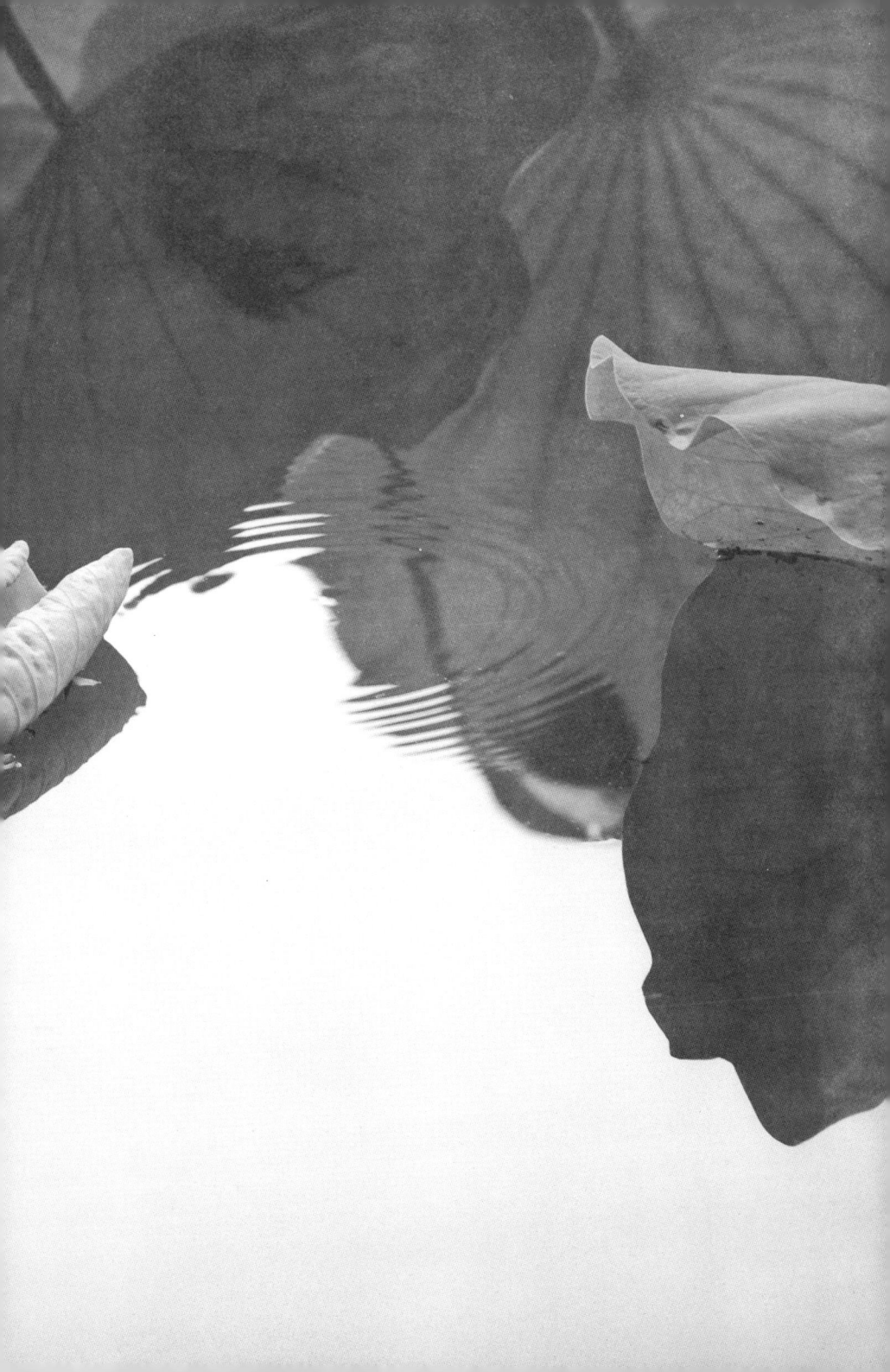

# 江南四大名楼·七律

王勃作序滕王阁，落霞孤鹜水连天。

崔颢诗扬黄鹤楼，桥横龟蛇锁大江。

岳阳楼记仲淹著，天下忧乐有先后。

洪武拟建阅江楼，金陵阅遍到江头。

（2016 年 10 月）

# 洞庭渔歌·六言诗

旭日洞庭金波，小船拉网渔歌。

渔家烟波浩渺，毕生水上砺磨。

今朝潮水甘美，定是鱼虾肥多。

归舟落霞满载，喜看翠鸟青荷。

（1984 年）

# 浪淘沙·船过三峡

当年过三峡，千里激流，石壁神女五千秋。古庙栈道依旧在，古迹难求。

今春过三峡，高坝筑就，湖上物船畅莫忧。可惜故迹今无见，望穿清流。

（2012 年春）

# 长江怀古·七律

淞沪溯流向华西，长江怀古未可期。

金陵宫深访洪武，鄱阳湖口探周瑜。

洞庭君山寻柳毅，荆州城头谒关公。

千古风流浪淘去，谁创功业与天齐。

（1984 年春）

# 河山颂

## 阿山颂·七律

登上巍峨峨眉巅，龙虎仙山喜攀缘。

驻足泰山玉皇顶，天山天池共缠绵。

北疆广袤长城壮，南国辽旷运河长。

四海浩瀚能万域，金陵城上阅大江。

（2016 年 1 月）

# 北疆边城满洲里·七律

南国深圳市繁荣，北疆满洲里风光。

街市车辆多商旅，中俄蒙文字店房。

三十层高楼耸立，八百里草原花香。

呼伦贝尔湖浩荡，牧歌嘹亮牛羊壮。

（2010 年夏）

# 呼伦贝尔大草原·五律

北疆太辽阔，草原景色多。

呼伦贝尔湖，额尔古纳河。

风吹草翻浪，牛羊遍山坡。

奔马眼前过，远山飞牧歌。

（2010 年夏）

# 忆江南·海南岛

海南远，人道在天涯，东船倚窗望南国。

驾车三日绕琼崖，陆海是一家。

海南美，宝岛枕碧涛，五指山峻揽日月。

万泉河清抱博鳌，花树拥山坳。

海南秀，四季绿苍莽，海口楼高百业盛。

三亚椰茂海湾蓝，谁不爱海南。

（2006年春）

# 珠海万山群岛·五律

久慕万山岛，今日得畅游。

快艇劈浪去，海天眼中留。

桂山蓝中绿，东澳锦上浮。

南海旷极目，鸥燕逐渔舟。

（2007 年夏）

# 临江仙·赞桂林

　　九天星斗万千颗，何年横空飘落。化作翠峰千万柱。漓江山前流，山在江边坐。

　　夜观两江共四湖，疑是西海琼阁。流光溢彩依恋处。人间仙境来，与君长倾慕。

（2006 年夏）

# 武夷山星村晨曲·七律

清溪晨奏一曲新，桥头浪涌水如银。

星村醒早迎旭日，两三炊烟晓雾晴。

四五竹筏漂流去，六七浣女捣衣声。

八九青山迎宾客，半城溪水一城春。

（1985 年夏）

# 水调歌头·登峨眉山

山遥积雪白，金顶晓雾浓。来从江南万里，壮志攀高峰。纵横千山万壑，寥廓林海葱茏，鸣泉幽谷风。佛门多古刹，几代香火红。

临高崖，低云海，自从容。峨眉横亘百里，独秀巴蜀中。南瞻乐山大佛，北眺九寨青城，蓉城喜昌隆。地灵人豪杰，才气越苏翁。

（1981 年初夏）

# 放歌新疆·七律

天山擎天太巍峨，我为新疆谱赞歌。

哈密瓜香甜似蜜，吐番葡萄品味多。

棉花质优产量冠，煤炭石油遍山河。

各族人民奉献大，将士农垦夜枕戈。

（2010 年秋）

# 故乡之恋

## 水调歌头·南昌赣江大桥

仁立江岸久，临高瞭赣榆。千年古城披秀，寥廓甄闾美。甬道坦荡飞来，犹是银河飘落，大桥腾空起。赣水汇百舟，欣然北流去。

朝与暮，人潮涌，车流急。万里通衢，横贯江汉连闽粤。还看西山云烟，南浦落霞孤鹜，滕阁崔巍立。商旅南北往，行客别依依。

（1992 年秋）

# 阅匡庐·七律

匡庐自古多名士，诗词歌赋溢山中。

采菊东篱有陶令，李白妙笔描岭峰。

桃花喜迎白居易，朱熹治学白鹿洞。

御碑亭刻乾隆业，漱玉小亭铭邵公。

（2014 年夏）

# 忆江南·井冈山

　　井冈好，名山天下扬。黄洋界上旌旗立，腥风血雨战当年。星火遂燎原。

　　井冈美，游客四方来。十里龙潭浮天镜，百丈飞瀑悬天开。山水共徘徊。

　　井冈壮，峰回入云霄。水口龙涎天外落，五指峻峰任逍遥。街树掩朝霞。

　　井冈雅，四季花鸟乡。山高泉鸣鸟醒早，云深林密花知春。蜂蝶舞纷纷。

　　井冈秀，千里绿成荫。展馆广播英雄事，山河重绣井冈人。世代留美名。

（1998 年春）

# 临江仙·上犹江水库

山重云绕叠翠，林密倒映清流。朝霞晚红写春秋。日巡关河阔，夜沉思悠悠。

高坝拱河发电，水库云翔龙游。深谷排筏竞渔舟。南国花开早，春水歌不休。

（1986 年春）

# 卜算子·赞南丰

南丰产佳果，蜜橘当扬名。三月花开盱江畔，香飘十里云。

吊桥宝塔秀，曾巩故园新。九月果熟甜似蜜，江水亦流金。

（1985 年秋）

# 西江月·故乡庭院

月和摇曳清风，茉莉日暮香浓。书屋石桌绿篱丛，坐香月云游动。

朝来露滋凝重，花圃黄白绿红。引得彩蝶与游蜂，共织小园秋梦。

（1995 年秋）

# 故乡中秋月·七绝

云淡星稀树影斜，夜阑风露透窗纱。

多情自是中秋月，广寒香桂送千家。

（1995 年秋）

# 江城子·山村夜歌

金盘珠璞旭苍穹，关河阔，夜朦胧。灯火闪烁，远处山几重。村前荷塘香飘处，流萤闪，蛙声隆。

夜沉不寐村舍空，窗前月，照竹松。夜蝉声醉，邻里入梦中。乡居三载识农友，人勤勉，心宽宏。

（1971 年夏）

# 卜算子·重返山村

惜别二十载，山村又重游。昔日故友已远去，抚旧泪长流。

古屋依然在，田园春复秋。岁月荏苒终成梦，夕阳落茔丘。

（1996 年秋）

## 清平乐·赴厦门

　　故乡远望，火车夜出赣。武夷峰峦云叠峰，富屯溪水回转。

　　月照八闽江山，三明灯火阑珊。今宵林海千里，明日万顷波澜。

（1996 年秋）

# 神州万里行

## 西江月·赞珠海

珠海渔女傲立，南国紫荆花开。波光云影海天来，楼群撒满滩外。

极目澳门风光，共与珠水妩媚。国运昌盛百业开，敢创人间蓬莱。

（1999 年夏）

# 赴贵州·七律

苗岭群峰翠相依，身披彩霞贯黔西。

夜来风清熠星月，贵阳街宽腾新奇。

各族人群衣食足，莫道身无半分厘。

乌江为君歌一曲，君慕山水更痴迷。

（2007 年春）

# 临江仙·湖南桃源水晶寨

久慕桃源水晶寨，小舟老媪驾行。水鸟翻空波粼粼。山从江心立，雾绕茂林生。

隔岸峰蜒结翡翠，几处农家竹林。山泉飞泻歌不停。入寨登古庙，俯瞰捕鱼人。

（2004 年夏）

# 庐山仙人洞·五律

身居仙人洞，极目皆险峰。

山随悬崖尽，雾似松海浓。

曲径穿云过，清泉出石缝。

四海神仙至，洞宾忙迎送。

（1982 年夏）

# 车赴云南，记唐代李密将攻打大理国，大败·七绝

喋血沙场十万兵，可怜白骨饿黄昏。

滇西荒野无星月，苍山洱海泣孤魂。

（2007 年春）

# 西江月·甘肃嘉峪关

穿过河西走廊，登上嘉峪雄关。黄沙滚滚连苍天，千里人迹罕见。

关城逶蜒雄壮，世代战火连绵。戍边将士历艰险，捍卫东土安全。

（2014 年秋）

# 广西龙胜温泉·五律

驱车数百里，龙胜温泉来。

山从人面起，清泉谷底回。

梯田绕山筑，瑶家依水开。

温泉朝夕泡，三日不思归。

（2006 年夏）

# 广西北海银滩·五律

北海南海边，岸下有银滩。

沙白十几里，饮潮沐骄阳。

海天成一线，海水比天蓝。

风吹帆影动，游艇或渔船。

（2011 年春）

# 临江仙·三亚西岛

快艇似箭出港湾，掀起两道激流。南海无垠浪不休。藏在深闺处，宝岛甚难求。

登岸渔家鳞次立，背靠热带雨林。远方来客乐忘忧。沙滩观潮汐，海水任畅游。

（2007 年夏）

# 菩萨蛮·四川九寨沟

九寨沟内清泉水，引来多少游人醉。山高入云天，林密出清泉。

汇集成飞瀑，斑斓奔流去。湖光若彩玉，撒满林海间。

（2006 年秋）

# 云南大理蝴蝶泉·七绝

哈尼姑娘傍蝶泉，彩蝶纷飞看梳妆。

劝君切莫轻离别，脉脉含情两目光。

（2007 年春）

# 湖南凤凰沱江风情·七绝

对岸苗女唱山歌，君立窗前欲作和。

怎奈不识苗家语，伸伸舌头似呆鹅。

（2004 年春）

# 卜算子·火车过陕南，
## 忆明末李自成起义

起兵商洛地，进京夺皇天。推倒明廷不谋洽，何以正朝纲。

虐女掠富户，三桂反边关。功败垂成千古恨，覆殁九宫山。

（2007 年秋）

# 徜徉荟萃

## 诗赠学友沈克川书画室·七律

黑墨翻云泼丹青，白纸吟诗书翰林。

黄鹂鸣歌出书阁，绿荷飘香入彩屏。

山似游龙悬日月，水如明镜映柳亭。

春花斗艳惊鳞羽，秋实满园绘丰盈。

（2002 年）

# 清明节·五律

淅沥清明雨，杨柳陌上春。

路蜓纤草绿，情切山花红。

凄凄来往客，祭扫先人陵。

淫雨连天泪，滴滴牵人魂。

（2001 年春）

# 虞美人·劝业

人生能有几回搏，成败凭定夺。励志创业趁年华，莫教峥嵘岁月似流沙。

逆水行舟宜奋上，江河竞奔放。待到上游夺标时，更有风光旖旎在征途。

（1981 年春）

# 临江仙·山村来客

今朝山村来客，房东农友三人。千里迢迢来访亲。沽酒迎客至，几腔亲友情。

蹉跎岁月下放，远离纷扰风尘。五年农事心连心。共饮一井水，共柴一山薪。

（1985 年夏）

# 西江月·秋高赏菊

金枝玉叶黄花，嫣红雪白几串。秋高时节天地宽，更有红叶片片。

仕女童妪相随，小桥流水欢畅。人争朝夕花争艳，河山谁不依恋。

（1998 年秋）

## 虞美人·秋梦

夜梦沉沉辞赣抚，还乡归敝庐。寂寞窗前对玉钩，杳杳河汉几度盼归舟。

雁鸣声处秋欲暮，天涯识归路。韶华如水心愈愁，白鬓老母盼儿立村头。

（1998 年秋）

# 西江月·童年乡居外婆家

云雀凌空鸣笛，禾稻扬花抽穗。荔枝熟时诱人醉，南圃蔗林青翠。

薯麻瓜豆将熟，人勤年丰畜肥。夕阳西下荷锄归，一路蝉歌相随。

（1980 年夏）

# 卜算子·致难友

水若烟波横，山似眉峰聚，借问郎君何方去？泪眼盈眶处。

盼君远洋归，又惧君归去。走遍天涯思念君，莫忘故乡路。

（1983 年）

# 雨后登滕王阁·五律

赣江秋雨过，气爽水清悠。

远山耸碧黛，近水泊舫舟。

高阁迟落日，低渚早飞鸥。

登楼观霞鹜，长天共水流。

（1986 年秋）

# 对弈·七律

纵横天下黑白兵，纹杆布阵两强生。

兵入滇越烽火起，诸葛孟获未分明。

雄踞要塞成犄角，审时度势破边城。

横扫顽敌占腹地，何须收官定输赢。

（1987 年）

# 金蝉·七绝

金蝉出土脱壳生，本无佳绩高调鸣。

凭借树高林荫密，附势趋炎噪不停。

（1994 年夏）

# 庐山含鄱口·七绝

江连吴楚山万重，一口含鄱观海空。

直插高崖九霄里，疑是仙飘云雾中。

（1982 年夏）

# 春到抚河·七绝

春江碧黛彩书屏，嫩草鹅黄柳丝新。

隔岸杜鹃红似火，烟波江上打鱼人。

（1970 年春）

# 琉璃岗之秋·七绝

岗南稻菽岗头松，郭外竹喧枫叶红。

摇曳庭前几行菊，谁同零落舞秋风。

（1970 年秋）

注：古诗《咏菊》曰："宁可枝头抱香死，何曾吹落北风中。"

# 异国风采

## 卜算子·初访巴黎

巴黎罗浮宫，铁塔凯旋门。文化艺术荟萃处，高卢民族魂。

观览圣母院，往事颇动人。田园大街爱舍丽，行客马如龙。

（2012 年夏）

# 西江月·埃菲尔铁塔

雄踞塞纳河畔，铁塔高耸入云。擎超蓝天与星斗，电梯直通天庭。

入夜彩灯四射，游客络绎成群。巴黎城标多姿色，彪炳历史名城。

（2012 年夏）

# 浪淘沙·瑞典斯德哥尔摩海湾

岛群若珠串，撒满港湾，瑞典首都美无双。洋房花树红黄绿，海天湛蓝。

临高放眼看，无限风光，北欧人民近天堂。平等富裕休闲处，游艇白帆。

（2012 年夏）

# 哥本哈根中华公园·七律

哥本哈根园林多，中华公园名声扬。

门楼高耸雅韵在，红柱绿瓦耀辉煌。

亭榭台阁姿色美，福寿两字入眼帘。

小桥流水荷叶动，华夏文化植异邦。

（2012 年夏）

# 彼得堡冬宫·五律

巨轮靠海岸，来访彼得堡。

冬宫河边立，辉煌又广浩。

宫内多雕塑，佳丽伴英豪。

名家张巨画，将相辅王朝。

（2012 年夏）

# 彼得堡夏宫·七绝

涅瓦河畔夏宫美，茂林绿茵喷泉水。

花园宫殿多雕塑，古来皇家皆奢靡。

（2012 年夏）

# 临江仙·荷兰首都阿姆斯特丹

站立荷兰国海岸，放眼海天相连。巨轮停靠街道旁。有此好海港，称雄海洋上。

市内运河如蛛网，两侧花树楼房。街市繁荣人强悍。游客四方来，国小富一方。

（2012 年夏）

# 柏林墙·七绝

高墙一国分两家，建它据说可避邪。

有人舍命越墙过，诸君为何不惧邪。

（2012 年夏）

# 卜算子·初看美国

潇疏六十载，风流出远游。凌空两万八千里，来到天尽头。

别墅撒林海，路密车如流。北美风貌惊初见，兴衰赖石油。

（1996 年秋）

# 北美之梦·七律

山是枕头水似床，北美一梦已半年。

湖光山色掩华屋，人勤物丰不待言。

虽有汽车远游去，却无乡音叙短长。

东土逢春兴百业，国运重辉待何年。

（1997 年夏）

# 尼亚加拉大瀑布·七律

尼亚加拉瀑布群，天河翻滚西海倾。

三河环瀑悬空落，烟雨谷底乘舟行。

不惧前头风浪急，敢迎瀑布任雨淋。

再登彩虹凌空看，秋色斑斓已醉人。

（1999 年秋）

# 卜算子·尼亚加拉大瀑布

狂涛震寰宇，雷鸣惊斗牛。三河环瀑悬空落，烟雨掩激流。

隔岸望加国，钢桥越架修。天南地北彩虹立，美景旭清秋。

（1999 年秋）

# 北美野鹅·五律

湖中一群鹅，岸边绿茵多。

交颈勤觅食，扑翅任婆娑。

育子尽天职，教飞常砺磨。

春来秋归去，逍遥在烟波。

（1999 年夏）

# 泰国四面佛·七律

泰国佛教多寺庙，风雨亭下四面佛。

各主婚姻和财富，还有长寿与官禄。

诸多大象雕塑群，泰人皆视为神畜。

佛旁常种菩提树，树下静修能成佛。

（2013 年春）

# 缅因海岛游·七律

缅因多红叶，北国早来秋。

山明层林染，天蓝抱海流。

礁密知潮汐，鸥飞见渔舟。

登高望远国，长歌雁南游。

（1999 年秋）

# 临江仙·加拿大江海行

蒙特利尔乘巨轮，劳伦斯河奔腾。魁北克乃花园城。星垂莽原阔，千里江海行。

海上岛群千百座，构筑壮丽山河。城镇繁荣港湾多。朝夕渔船过，鸥燕久讴歌。

（2016 年夏）

# 其　他

## 九江感怀·七律

赤壁烽火缅柴桑，琵琶声咽忆浔阳。

江湖造反梁山客，朱陈称霸战九江。

自古豪强争帝业，更有英才治吾邦。

而今吾观庐山色，当学贤人绣江南。

注：此为庐山南麓度假山庄牌楼一侧所刻的律诗，作者创作于2014年甲午中秋。

# 西江月·西林村·农家

　　云雀凌空鸣笛，禾稻扬花抽穗。瓜果熟时诱人醉，村林处处苍翠。

　　薯麻芋豆将熟，人健年丰畜肥。夕阳西下荷锄归，一路蝉歌相随。

　　注：此为庐山南麓度假山庄牌楼一侧所刻之词，作者创作于 2014 年甲午中秋。

# 度假山庄主楼门对联

（上联）庐山南麓度假山庄

（右联）山似游龙悬日月

（左联）水如明镜映樟亭

# 临江仙·庐山南麓度假山庄

山重绕云叠翠，林密倒映清流。朝霞夕露叙春秋。日巡关河关，夜沉梦悠悠。

别墅吟风望月，水库羽翔龙游。湖滨漫步乐忘忧。南国花开早，春水歌未休。

# 钓鱼台赋词
## 虞美人·致垂钓者

云层飘浮烟蒙蒙，已是春意浓。湖旁垂柳浴东风，霏霏细雨垂竿老钓翁。

莫道大地鱼虾尽，几度鱼标动。肥鱼盛入篓袋中，胜似渭滨垂钓喜从容。

# 阅匡庐·七律

匡庐自古多名士，诗词歌赋溢山中。

采菊东篱有陶令，朱熹治学白鹿洞。

桃花笑迎白居易，李白妙笔插岭峰。

御碑亭镌乾隆业，漱玉亭上铭邵公。

（2015 年 4 月）

# 游泳池对联

（右联）横观鬓眉，身材健美，气度轩昂，翻江蛟龙逐浪去

（左联）竖看巾帼，体态婀娜，冰清玉洁，凌波仙子画中来

# 湖滨凉亭对联

## 吟风亭

（右联）岩洞侧旁清泉涌

（左联）茂林梢头凉风吹

## 望月亭

（右联）攀登山峦眺远景

（左联）静坐凉亭望星月

### 瞻羽亭

（右联）金蝉悦耳资美梦

（左联）水鸟翻空波粼粼

### 观鱼亭

（右联）湖滨漫步听鸟语

（左联）凉亭休憩观鱼游

# 住宿楼对联

## 其一

（上联）美好人间

（右联）春花涌泉漫山谷

（左联）秋水稻菽盈沃野

## 其二

（上联）去而复返

（右联）慕名远来，庐南度假

（左联）欣然归云，醒脑健身